Homme de

COULEUR !

À ma mère.

© 1999 Éditions Bilboquet

Éditions Mijade
18, rue de l'Ouvrage
B-5000 Namur
Deuxième édition janvier 2015

ISBN 978-2-87142-781-0
D/2012/3712/08

Imprimé en Belgique

Homme de COULEUR !

inspiré d'un conte africain
et illustré par Jérôme Ruillier

Mijade

Moi, homme noir,
quand je suis né,
j'étais

Toi, homme blanc,
quand tu es né,
tu étais

Quand j'ai grandi,

j'étais *noir*

Toi, quand tu as grandi,

tu étais  blanc

Quand je me mets au soleil,

je suis *noir*

Toi, quand tu te mets au soleil,

tu es rouge

Quand j'ai froid,

je suis noir

Toi, quand tu as froid,

tu es *bleu*

Quand j'ai peur,

je suis *noir*

Toi, quand tu as peur,

tu es

Quand je serai mort,

je serai *noir*

Toi, quand tu mourras,

tu seras

Et
tu m'appelles
homme de
COULEUR !

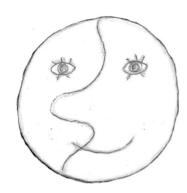